文芸社セレクション

キノホルムに翻弄されて

面来 一義
MENRAI Kazuyoshi

文芸社

はじめに

キノホルムという言葉を知っていますか。スモンという言葉を知っていますか。大多数の人がこれらの言葉を知らないと思います。キノホルムは整腸剤で、一般的によく使われていた薬です。この薬が原因で一万人以上のスモン患者が発生しました。これが、薬害スモンです。厚生労働省の「スモンに関する調査研究班」が、「薬害スモンの経緯」という文章を公表しています。少し長いですが、わかりやすく説明していますので、全文引用させていただきます。

薬害スモンの経緯

一九五五年ごろから、下痢などが続いた後、急に足の感覚が無くなったり痺れたりする患者が出てきました。目が見えにくくなったり、足が麻痺して歩けなくなる人も多く、原因不明の奇病ということで社会問題になりました。

五七年頃から各地で集団発生することから、伝染病が疑われました。一九六〇―一年にポリオが流行したこともあり、大人のポリオと呼ばれたこともあります。ウイルスが原因かと疑われ、スモンのウイルスを発見したという報告もあり（追試では証明されず）、マスコミで報道されました。伝染病ではないかということで、患者は差別され、社会的にもつらい思いをすることが多かったようです。

本当の原因がわかったのは、一九七〇年でした。スモンの患者さんは舌や便、尿が緑色になることがあります。この尿中の緑の結晶を分析した結果、緑色物質はキノホルムであることが六月に判明しました。

キノホルムは整腸剤として、当時は非常によく使われていた薬です。調査すると、スモンの患者さんは皆キノホルムを服用していたことが八月に報告されました。しかも服用量が多いほど早期に発症し重症であることが示されました。これを受けて厚生省は九月七日に中央薬事審議会でキノホルムの使用を禁止しました。販売中止と使用見合わせの措置をとった結果、九月以降はスモンの発生は激減し、なくなりました。

キノホルム（クリオキノール）は、殺菌性の塗り薬として一八九九年にスイスで開発されました。腸から体内には吸収されないと考えられていたため、一九二〇年代から腸の殺菌目的で内服薬として使われ始めました。しかし、一九三五年にアルゼンチンでスモンらしい症状が発生し、スイスはキノホルムを劇薬に指定。日本もこれにならいました。ところが、三九年に日本では劇薬指定が取り消され、軍隊での使用のために生産が拡大しています。

また、第二次世界大戦直後の日本は混乱しており、厚生省の薬事審議会は内外の薬局方に収蔵されている薬品を一括承認しました。キノホルムは適応症が拡大され、投与量の増加も認められました。六一年に国民皆保険制度が確立してからは、使用量が増加しており、市販薬にもこれを含有するものが多くありました。キノホルム含有薬剤は一八六品目もあったため、原因の特定を難しくさせました。体内に取り込まれないと考えられていたキノホルムですが、実際は腸管から体内に吸収されており、これが神経組織を侵してスモンを発症させていたのです。犬にキノホルムを投与したところスモンを発症することも確かめられました。

スモンの原因がキノホルムだと判明し、原因不明の奇病や伝染病だと言われてきた患者たちの憤りは高まりました。キノホルムを製造販売していた製薬会社と使用を認めた国の責任が問われ、訴訟となりました。約一一〇〇〇人がスモンと鑑定され、何年にも亘る訴訟の末、一九七九年にスモンの原因究明と患者の恒久対策を条件に和解が成立しました。

恒久対策として、原因追及と治療法の開発、検診等で予後追求と健康管理を行うことになり、現在は厚生労働省難治性疾患政策研究事業「スモンに関する調査研究班」に事業が引き継がれてきています。

以上が、「薬害スモンの経緯」の全文だが、これからキノホルム被害者の西《にし》一彦《かずひこ》の生涯をたどる前に、何点か問題提起をして、皆さんと共に、スモンについて、考えていきたいと思う。

まず第一に、スイスでは、一九三五年にキノホルムが劇薬指定されたのに、日本では三九年にキノホルムの劇薬指定が取り消されました。戦後、厚生省の薬事審議会で、キノホルムは内服薬として一括承認されました。一九六〇年、アメリカのＦＤＡ（合衆国食品医薬品局）は、チバ製品に次の勧告を行っている。

「キノホルム剤に関しては、アメーバ赤痢の治療に限定するべきである。店頭販売をやめ、医師の処方薬としての制限を受けなければならない」

アメリカコーネル大学のＢ・キーンらによって、六百十人に対する下痢予防試験の結果、キノホルムの服用は下痢に有効でないばかりか、むしろ重症化するといった論文が書かれていた。チバ製品は、六一年にＦＤＡの勧告を受け入れ、アメリカではアメーバ赤痢と外用だけに限定する措置を取った。しかし、日本では、一九六二年、チバ製品は宝塚工場でキノホルムの生産設備を設けてフル操業に入る。確かに、日本では許可を受けているが、アメリカで限定措置を取ったチバ製品の一貫しないこの姿勢は、営利を優先する行為で到底許されるべきものではない。

また、日本では、厚生省は、アメリカのこの動きをつかんでいなかったのか。この動きを把握していたとしたら、使用制限を講じることはできなかったのか。今となっては、真相は分からないが大いに疑問が残る。

第二に、スモンウイルス説が、一九六九年の秋頃からマスコミに広がり始めていたが、一九七〇年二月六日、「朝日新聞」の一面トップに、京都大学ウイルス研究所所長井上助教授の「井上ウイルス」の記事が大々的に掲載された。内容は「スモンウイルス説」の断定そのもので、変化の現れた鮮明な細胞写真と全く変化していない対照細胞写真まで載っていた。

この記事による患者たちの衝撃は深かった。スクープから十日後に開かれたスモン協議会の病原班会議では、井上ウイルスを病原と断定するのは「時期尚早」となった。

しかし、七〇年前半に、様々な不確実なウイルス説が、新聞などで報道された。

その結果、勿論、ウイルス説だけがすべての原因ではないが、ここ一、二年で少なくとも十人以上のスモン患者が自殺した。

しかも、「朝日新聞」に載った変化した細胞の写真は、無変化の写真より数日遅らせて撮影されていたことが後に判明する。すなわち、井上が発見したというウイルスは、スモンの病原性はもとより、その存在自体が疑われるものだったのである。七〇年九月には、スモンキノホルム説が発表され、スモンの原因がキノホルムであることが判明した。

不確実な情報をあたかも確定した情報のように報じた「朝日新聞」の責任はとても重い。また、検証もしていない不確実な情報を流した京大助教授も責任を負うべきだ。両者とも、この件について全く謝罪をしていない。少なくとも、間違った情報を流したのだから、謝罪は、するべきではなかったのか。

第三に、キノホルム被害者になって、「薬は毒である」ことを学んだが、薬をすべて否定して、全く薬を飲まないわけにもいかない。勿論、一人の人が、数社の病院から、十種類以上の薬を貰うなど、薬漬けになることはとんでもないことである。薬に頼るのではなく、薬を冷静に客観的に見るべきである。薬を処方すれば、患者は喜ぶかもしれないが、薬は毒であるという自覚を持っている医者は、どれくらいいるのだろうか。少なくとも、今回の薬害スモン事件でも、製薬会社は、被害が出れば保障すればよいという感覚で、反省の気持ちは、ほとんど感じられない。

それでは、これから、薬とどのように向き合っていけばよいのか、大きな課題を突き付けられたような気がする。まだ、結論は出ていないが、真剣に向き合って考え続けていく必要がある。

キノホルム被害者である西一彦の半生をこうした視点から、共に考えていきたい。

目次

一　高円寺の幼年期

郊外の緑豊かで木造の簡素な住宅が立ち並ぶ住宅地、東京都杉並区馬橋、現在の南高円寺で、西一彦《にしかずひこ》は、西正義《まさよし》・うめ夫婦の長男として、昭和二十三年十一月に、自宅で産婆さんに取り上げられて生まれた。生家は、十畳、六畳の手狭な借家で、両親と父の母が同居していた。その後、二歳ずつ違いの妹が二人生まれたので、この狭い借家に六人で暮らしていた。

一彦には、生まれた時から小さな事件があった。母の父である祖父から「一彦」という名が命名されたので、両親は、杉並区役所に「一彦」という名で届出たが、受理されなかった。今年から「彦」の字が人名漢字から除外されたので、別の名前にしてくださいと市役所の担当者から言われた。予想外の指摘に困惑した両親は、その場で相談して、父親の名前の下の一字を取って「一義《かずよし》」と名付けた。しかし、この本の中では愛着があるので、祖父が命名してくれた「一彦」という名で通すことにする。

父は、大学を卒業後、二十代は、当時、大手の受験関係の出版社に勤務していたが、結婚前後の三十代後半に転職して、都立の定時制商業高校に就職して、数学の教師をしていた。生活は安定していたが、収入は少なく質素な生活をしていた。

生家の木戸を入ったすぐ左手に大きな柿の木があった。その奥には井戸があった。緩やかな坂を上った玄関脇の小さな庭には、質素な縁側が広がり無花果の木、枇杷の木などが茂っていた。借家は道路に面していたが、道路から二、三メートルの高台にあった。

杉並区といっても、当時は都会的な雰囲気はなく、水道は敷設されていなくて、西の家をはじめ、各家庭では井戸を使用していた。生家を出て左折して五分程歩くと、高円寺駅と甲州街道を結ぶ高円寺駅南口商店街に出る。左折して十分程歩くと国鉄中央線高円寺駅前に出る。銀行、郵便局、呉服店、電気店、薬局、お茶屋、魚屋、花屋、果実店などが軒を連ねていた。商店街を一回りすると大抵の物は揃っていた。

国鉄の中央線は、東京、浅川（現在の高尾）間を現在のように高架橋ではなく、当時は地上を走り、数多くの踏切があった。高円寺駅の駅舎は、平屋のあまり特徴のない簡素な造りで、上り線と下り線に分かれていた。

当時は、保育園は少なく、ほとんどの子供が五歳になると一年間幼稚園に行き、翌年小学校に行くのが普通であった。一彦は、五歳になると、杉並幼稚園に入学した。幼稚園は午前中で終わるので、午後は近所の同い年の男女五、六人と隠れん坊をしたり、鬼ごっこをしたりして日が暮れるまで遊んだ。

一彦は、家から歩いて五分程の杉並第六小学校に入学した。彼は、跳び箱や鉄棒は苦手だったが、球技は、人並みにこなせた。ゴムボールを使った野球を週に二、三回、小学校の校庭や近くの神社の境内を利用して、同級生でチームを作って行った。左バッターで、守備はファーストだった。二番バッターとして打席に立ち、長打力はなかったが、ヒットはよく打ち、打率は二割八分を超えていた。

また、家のすぐ脇にある狭い緩やかな坂道で、父親を相手にキャッチボールをしてよく遊んだ。原則は、一彦がピッチャーで父親がキャッチャーだったが、たまに、父親がピッチャーになると、直球が速く、一彦は全身でようやくボールを受け止めていた。

日本でテレビ放送が始まったのは昭和二十八年だが、皇太子さまがご結婚された昭和三十四年以降にテレビが急速に普及したので、それ以前は、テレビのある家庭は少なかった。一彦の隣の家は裕福な一軒家で、白黒のテレビがあった。娯楽が少ない中で大相撲人気は群を抜いていた。大相撲中継が始まると、近所の子供たちが十人程集まってきた。その家のテレビで大相撲中継を見るのが楽しみだった。勿論、一彦も二人の妹を連れて、隣の家に通った。

一彦は、昭和三十八年、小学校四年の秋に体調を崩した。食欲がなく、少し痩せ、体がだるく、血尿が出たため、母に連れられて、家から歩いて十分程の甲州街道沿いの内科医院を受診した。医者は、五十代の小太りの男性で、一彦の話をよく聞いてくれた。急性腎炎との診断で、一週間程休み、家で静養した。一週間後に、電話で医者の指示を受けた。当時、電話のある家は少なく、一彦は、公衆電話から電話するのは、生まれて初めてだった。母に付き添ってもらい、電話機のダイヤルを回し、はじめ看護婦が電話に出たが、先生に代わってもらい、先生の質問に答える形で、症状を述べた。初めてのことなので、言葉に詰まり、うまく話せなかった。電話で話すのは、普通の会話と違い、慣れるのに時間がかかった。先生の指示で、運動は控えるように言われたが、学校に行ってもよいと許可が出た。二種類の薬を貰い、通院して療養することになった。塩分を少なくした食事制限を忠実に実施して、翌年の春には、ようやく完治した。

五年生になると組替えがあり、一彦の前の席に猪狩敬子《いかりけいこ》が座った。彼女とは、今回の組替えで、初めて同じ組になった。彼女は、清楚な感じの日本的な美人で、普段は目立たない存在だが、自分の意見は持っていて、言うべき時にはっきりと意見を述べ、個性的なところもあった。女性にしては、百六十センチ前後の長身で、細身の身体つきだった。

遅ればせながら一彦の初恋であった。毎日、彼女の後姿を見るのは楽しみだったが、きっかけをつかむことが難しく、声をかけることはできなかった。彼女が消しゴムを落として後ろを振り向いた時など、心臓の鼓動が激しくなり、顔が赤くなるのが分かった。

二学期になると席替えがあり、猪狩敬子は、一彦と同じ列の右の二列先の席に移った。一彦は授業中よく右を見るようになった。二、三回先生から注意を受けることもあったが、彼女は気が付かないようだった。彼女は父親の仕事の都合で、二学期の終わりに転校していった。一彦の淡い初恋は、彼女に手紙を書くことも、告白することもなく、終わりを迎えた。

一彦は、もともと学校が好きだったので、五年生、六年生の二年間は、無遅刻、無欠席だった。成績も徐々に上がってきて、五段階評価で九科目全ての学科が、五あるいは四の評価であった。

二　石神井への転居

一彦は家から歩いて二十分程の阿佐ヶ谷中学校に入学した。阿佐ヶ谷中学校は、阿佐ヶ谷駅の駅前通りと甲州街道の交差点にあり、中学校の隣は、杉並区役所だった。交通の便が良いところなので、学校全体の敷地が狭く、特に校庭は狭かった。中学二年の時、新築の家を購入して、引っ越すことになった。両親は、最後まで残った久留米の家と石神井の家のどちらかにするかで迷ったが、最終的には、狭いが交通の便が良い石神井の家に決めた。土地が四十坪ほどの建売住宅だった。石神井公園まで徒歩三分で、近くに区立図書館も上石神井小学校もあった。石神井公園から荻窪、阿佐ヶ谷間をバスが走行しており、家からバスの停留所まで三分で行けた。西武池袋線の石神井公園駅と西武新宿線の上井草駅の中間に位置していた。

家は二階建ての一軒家で、一階がダイニングと六畳二間の和室、二階が六畳と四畳半の和室があり、十分とは言えないが、まあまあの広さだった。入居した時、目の前は、練馬大根を育てる畑が一面に広がっていたが、一年後には、畑が全てなくなり、数棟からなる十階建てのビルが林立し、広大な石神井公園団地に変貌した。

一彦の家の狭い庭には、梅の木とミカンの木が植えられた。梅の実とミカンが、少しではあるが収穫された。卓球台が置かれ、狭い空間ではあったが、家族でよくプレイをした。三人兄弟の中では、次女は、運動神経が発達していて、圧倒的な強さを示した。

雑種の小さな犬を一匹飼ったら、半年後には、黒い猫が一匹迷い込んできた。犬は、二年後に死亡したので、庭に埋めて小さな墓を造った。猫は、一年後に、家を出て行方不明になってしまった。

祖母は、馬橋の家の近くにおしゃべり仲間が多く、石神井の家に来ることを拒み、馬橋の借家に残った。しかし一年後に、体調を崩し、石神井の家に引っ越してきた。

二人の妹は近くの上石神井小学校に転校したが、一彦は、高校受験には、今いる阿佐ヶ谷中学校の方が有利だと判断して、石神井公園から阿佐ヶ谷までの直通バスが通っていたので、バスで阿佐ケ谷中学校に通うことにした。

父の父は、小石川で先代からの呉服屋を引き継いでいたが、数年前に亡くなった。一人息子の父が店を継がなかったので、呉服屋は廃業になった。西家の墓は、小石川にあったが、道路の改修工事で西家の墓がある小さな寺が廃業することになり、墓を移すことを余儀なくされ、あちらこちらで墓を探した。たまたま埼玉県の所沢聖地霊園で墓を募集していたので、墓を購入して、西家の墓を所沢聖地霊園に移した。所沢聖地霊園は広大な敷地に数百以上の墓があり、墓のスペースもゆとりがあり、満足のゆく墓を手に入れることができた。

母の父は大学卒の外交官で、昭和十六年太平洋戦争が始まった時、アメリカ合衆国でニューオリンズ総領事館長をしていた。家族で、アメリカ南部のニューオリンズに赴任していたので、母も帰国するまでの約四年間、アメリカで生活していた。戦争が始まると、アメリカにいる日本人と日本にいるアメリカ人を交換船でそれぞれの国に帰国させることになった。祖父は、大使、公使とともに、アメリカにいる日本人のまとめ役として奔走した。アメリカにいた日本人は、アメリカの大型船で南アフリカのケープタウンまで行き、ケープタウンで日本から来たアメリカ人を乗せた日本の大型船に乗り換え、二、三か月かけて日本に帰ってきた。

祖父は日本に戻ると、外務省の局長級の役職に就き、その後五十五歳で退職した。英語、フランス語が堪能だったので、退職後、東南アジアへの進出を目指していた鹿島建設に再就職した。当時の鹿島建設の社長、鹿島守之助に認められ、同社の東南アジアの進出に貢献した。鹿島建設の関連会社の鹿島出版会の社長を最後に八十一歳で退職するまで、二十七年間、鹿島建設で働いた。その後、千葉県市川市にある五百坪の土地に邸宅を新築した。祖父の趣味は、油絵や水墨画を描くことで、陶芸にも興味を持っていた。家を新築した二年後には、庭に陶芸の窯を作って、皿やコップなどを作成して窯で焼いて、楽しんでいた。祖父は、こうして余生を楽しみ、九十六歳で大往生した。両親が石神井の住宅を購入した際には、祖父の多大な援助があったと聞いている。

一彦は、祖父を尊敬していた。必死に勉強して、祖父のような外交官になるか、世界を駆け巡る報道記者になりたいと思った。そのためには一流の高校に合格して、一流の大学を目指し、卒業しなければならない。一に勉強、二に勉強、それ以外に方法はないと思った。暗記することは得意だったので、一つ一つ着実に時間をかけて様々な知識を蓄積していった。

阿佐ヶ谷中学校の一学年の生徒数は、約五百名だった。一クラスが五十数名で九クラスになっていた。中学二年生の秋に、マラソン大会があった。九クラスの男子生徒を三グループに分け、中学校をスタート地点にして甲州街道沿いの道路に出て、荻窪駅近くまで行き、中学校まで引き返してくる十キロのコースだった。一彦は、陸上は短距離が苦手で、運動会では、最下位になることが多かった。しかし、長距離には少し自信があった。一彦のグループは、五十五人の男子生徒が参加した。初めは、ほとんどの生徒が一団となって走っていたが、五キロを過ぎると先頭集団は十人程になっていた。一彦はこのグループに入っていた。ゴール近くでは、数人の争いになった。一彦は、一時は五位まで落ちたが、ゴールの中学校の近くで二人を抜き、持久力を生かして二位とは三十秒差のタイムで三位でゴールした。体力には自信があったが、三位でゴールしたのは、本人にとっても予想外で、奇跡に近いことであった。

区立の中学校は、大学合格率の高い高校に、多くの生徒を合格させることが、教師の使命にもなっていた。阿佐ヶ谷中学校でも、三年生になると毎月、四月から十二月まで学力テストが実施された。学力テストの結果は、五十位まで廊下に張り出され公表された。一彦は、学力テストで、毎回十番以内の成績を維持していた。学年のトップにも二回なった。苦戦すると思っていたので、予想外の順調なスタートだった。一彦の最大のライバルは、同じクラスで一彦の前の席に座っていた水森学《みずもりまなぶ》君だった。彼は、学年のトップに四回なった。しかし、水森君というライバルができたことにより、お互いが切磋琢磨することになり、一彦にも水森君にもプラスに働いた。良いライバルに恵まれた。

高校受験には、実力テストだけではなく、一学期ごとに評価される通知表の成績が重要である。国語、数学、英語、理科、社会は、試験の成績が良ければ評価は上がるが、音楽、美術、保健体育、技術家庭科は、試験の成績より、実技が重要視される。音楽は歌唱力が上位だったし、楽器は、縦笛が得意だった。保健体育は、鉄棒やマットは苦手だったが、球技は、全体的に得意だった。美術は一彦が描いた油絵を見て、着眼点が面白くセンスがあると美術の先生から褒められた。技術家庭科の実技も器用にまとめ上げた。

一彦の三学年の一学期と二学期の通知表は、九科目全てが五段階評価の五であった。学年でオール五の評価を得たのは、西一彦と水森学の二人だけであった。

一彦は、受験校として、国立大附属高校にするか、都立高校にするか悩んだが、最終的には、都立西高校を選んだ。当時、日比谷高校と西高校は都立高校の双璧で、それぞれ毎年約百五十人が東京大学に合格していた。また、滑り止めとして、私立の早稲田大学高等学院を受験することにした。

一彦の中学三年生の一年間の生活は、一に勉強、二に勉強、三に勉強と勉強一色の一年であった。外交官になりたいという夢を実現するための第一歩が始まった。翌年の二月に早稲田高等学院の試験があり、三月に都立高校の試験があった。

最初に受験した早稲田高等学院の試験は難しく、解けない問題もあり、正解率は六十％だった。一彦は不合格だと思ったが、結果的には、四倍の倍率を突破して合格することができた。そして、本命である都立西高校の試験にも、見事合格した。後で聞いたところによると、定員四百五十名のところ、八十番の成績で合格していたことが分かった。都立西高校の東大合格者数は、当時毎年約百五十名であったが、このうち現役で合格できるのが約五十名である。今の実力を維持すれば、一浪して東大に合格できる確率はかなり高いと言える。一彦の気分は最高で、意気揚々としていた。

三　腎臓病で入院そして休学

　ところが合格発表から十日後の三月末に事件は起きた。一彦が、朝、トイレに行くと血尿が出た。小学校の時、腎臓を悪くしたことがあったので、その再発かと思った。確かにこの一年は、まともに運動もしないで、机にばかり向かっていた。母に付き添ってもらい、すぐに近くの荻窪病院へ行き、内科で診察を受けた。

　担当の先生に次のように言われた。

「病名は急性腎炎です。安静にしていることが大事なので、すぐに入院してください。最低でも一か月の入院が必要です。回復するのにかなり時間がかかります。かなり厳格に塩分制限をする必要があるので、食事は薄味になります。」

一度家に戻り、入院に必要なものを揃えて、その日のうちに入院した。病院の三階の四人部屋に入ることになった。怠いとかめまいがするとか自覚症状はほとんどなかった。ただ、一彦には一日中安静にしているのは、かなりつらいことだった。父が、病室で読むようにと新書本を二、三冊買ってきてくれたが、今後どうなるかが全く分からず不安で、落ち着いて本を読む気にはならなかった。

四人部屋は満杯で、腎臓病の患者は一彦だけで、五十代の男性が二人、あとの一人は四十代だった。世代が全く違うので、会話は弾まなかったが、三人とも、おとなしく性格が穏やかな人たちで、病院生活は、快適に過ごせた。しかし、今回の塩分のほとんどない食事はおいしくなく、この食事に慣れるのに一か月かかった。不思議なもので、二か月目に入ると、塩分の少ない食事が苦にならなくなった。体重は、入院時、六十二キログラムだったが、二か月後には五十七キログラムになり、五キログラム減少した。毎日、トイレに行く時と入浴する時以外は、寝たきりの生活が続き、体力もかなり落ちた。

約三か月入院して、七月に入り、ようやく退院の許可が出た。自宅に戻っても安静な生活をする必要があったので、医師と担任の教師と相談して、一彦は、不本意ではあったが、一年間休学することを決定した。高校に入ってやりたいことは沢山あったが、自由に動けなくては、本を読むくらいしかできなかった。また、病気の回復具合が思ったより遅く、本当に元の体に戻れるか不安な気持ちが過った。

秋になると、外に出て少し散歩もできるようになった。毎日、体を動かしていると、自分の体に自信が持てるようになってきた。年が明けると、電車やバスに乗り、自由に街なかを歩き回れるようになった。

都立西高校は、一学年男子三百二十人、女子百三十人の男女共学の高校である。一彦は、三月末に病院に入院したので、当然、入学式にも出席できなかった。改めて、今年の四月六日に行われた入学式に出席した。緊張もしたが一つ年下の学生と同学年というのは、何とも不思議な心境であった。

西高は杉並区西荻窪にあるので、石神井の家からはバスで通学することになる。体調は万全とは言えないものの、頑張って通学するしかないと思った。

西高は、学生の自主性を重視するため校則が少なく、服装も規制がなく、遅刻をしても、文句ひとつ言わない自由な校風の高校であった。遅刻をして授業を初めから聞かなければ、遅刻をした学生の方が損をするという発想である。従って、遅刻をする学生はほとんどいなかった。

西高の教師は、自信をもって授業をしていた。塾に行かないで西高の夏季講習、冬季講習を受ける学生が多かった。都内の各高校の優秀な教師が集まっていたので、授業は、それぞれの先生の個性がにじみ出ていて、レベルがかなり高いものであった。ついていくには予習、復習をしっかりとしないと難しいが、楽しい、工夫された授業が多かったように思う。

それに驚いたのは、女性として魅力ある人や美人は少なかったが、西高の三分の一を占める女子学生の学力レベルは高く、男子と同等の実力があり、一彦の同級生も、八人の女子がストレートで東大に合格したことだった。女子学生は、西高を陰で支える存在と言えるかもしれない。

一彦が西高に入ってまず感じたことは中学時代と違い、一人一人の学生のレベルが高かった。記憶力、理科力がずば抜けて優れていて、秀才というより、天才に近い学生が、女子も含めて、何人かいた。別の世界に来たような感じで、このような世界もあるのだと、改めて痛感した。

体調と相談しながら、マイペースで必死に勉強したが、一彦の成績は、年間を通じて百五十番前後と全く振るわなかった。しかし、健康には人一倍気を付けていた。この一年間は四、五日しか休まなかったので、無事に一年生を修了して、二年生に進級することができた。

四　スモンの発症

昭和四十一年になると、親しい友達も何人かできた。その中で特に影響を受けたのは田宮和夫《たみやかずお》だった。彼はロシア文学が得意で、ドストエフスキーやチェーホフの小説を読んでは、一彦やもう一人の友人の間宮義男《まみやよしお》に読むようにすすめた。一彦は、はじめ付き合いで読んでいたのだが、何冊か読むうちにドストエフスキーの魅力にはまり、その生き方に魅力を感じ、五大長篇小説をはじめかなり読んだ。チェーホフは、ドストエフスキーとは正反対の短編小説家だが、チェーホフには、ドストエフスキーとは違う魅力があった。ドストエフスキーの小説は饒舌だが、チェーホフの小説は一言一句精錬されていた。

ロシアの大作家であるトルストイは、ほとんど読まなかった。三人は、集まると、小説を題材にして長時間議論をした。田宮和夫は、その後仏教に凝り、仏教を専門とする大学教授になった。

一彦は高校二年生になると体調はほぼ戻ったが、胃腸の具合が悪く、便秘と下痢を繰り返していたので、近くの上石神井の内科医院に通院して薬をもらっていた。春と秋は体調を崩すことが多かった。この年の秋も、胃腸の調子は良くなかった。十月八日朝、通学するため、バス停で待っていると、両足に今まで感じたことのない異常知覚を感じた。その日はそのまま通学したが、左右対称の足のしびれは、日を増すごとに上昇していった。何が原因か分からなかった。腎臓病の次は、両足の異常なしびれ、一体どうなっているのだと思うと同時に、これからどうなっていくのか考えると、どうしようもない不安に襲われた。

その後、異常なしびれは、胸のあたりまで上行し、足がふらつき、歩行が困難になってきた。直ちに、荻窪病院に行き、診察を受けたが、病気の原因は不明であった。歩行が困難のため、即日、入院することになった。

入院して一週間後、病院の医師から次のように言われた。

「はっきりしたことは分かりませんが、手足のしびれや歩行障害、消化器障害などの症状から、今、全国で多発している奇病『スモン』ではないかと疑われます。原因は不明です。東大病院で、原因を解明するために、スモン患者を優先して受け入れていますので、近いうちに東大病院に転院することになります。」

一彦は、「スモン」について何も知らなかった。調べてみると、正確な集計はしていないが、全国で、千人をはるかに超える患者がいて、その年齢層も、若年者から高齢者まで多岐にわたっていることが分かった。

まさか病気で東大病院に入院するとは思わなかった。東大病院では、神経内科と中尾内科でスモン患者を受け入れていた。病室が早く空いた方に入院することになった。

一彦は、十一月の下旬に、古い頑強な建築物の東大病院中尾内科に入院した。

入院してから一週間は、血液検査、レントゲン撮影、心電図、胃カメラなど検査の連続で、あっという間に日々が過ぎていった。歩けないので、病院内の移動はすべて車椅子で移動した。

六人部屋であったが、様々な病気の患者が入院していた。隣の五十代の患者は、腕に手を当てても脈が出ない「脈なし病」の患者だった。気管支喘息の東大教授は、急な症状で、病室のベッドが空かなかったのか、二日程六人部屋にいた。一週間後に、十八歳の一橋大学の一年生が白血病で緊急入院してきた。入院してきた安田和俊《やすだかずとし》君とは年が近かったことから彼の症状が安定している時に、よく話をした。彼は、大学卒業後にアメリカに行き、報道記者として活躍したいということで一彦の将来の希望と共通するものがあった。彼と話をしている時は、充実していて楽しかった。彼の体調が良好な時は、二時間も三時間も話した。話題は尽きなかった。しかし、彼が入院してから二週間後に、容態が急変した。三十九度以上の高熱が続き、様々な治療が施されたが、治療の甲斐もなく、三日後に死亡した。一彦にとって、このショックは大きかった。安田君の死亡の衝撃は、長期間続いた。天下の東大病院でも助けられない患者がいるのだと改めて思った。数日後、安田君の母親が一彦のところにあいさつにきて、和俊君の遺言ということで、パーカーの素敵な万年筆をもらった。一彦は死んでしまってはダメだ。安田君の分も含めて、生き延びなければならないと思った。万年筆は、彼の形見だと思い、大切に保管している。

担当の女医に、「東大を受験したいのです。」と言ったら「まず、体をしっかり治すことが先ね。」と軽くあしらわれた。東大病院に入院してからは、整腸剤キノホルムは、全く服用しなかった。

一彦の病状が安定していること、これ以上休学することができないことなどを考慮して、十二月二十七日に東大病院を退院することになった。スモンの原因は相変わらず不明であった。松葉杖を突かなければ歩けないので、母と相談して、三学期は、西高校にタクシーで通学することになった。必死に高校に通った結果、それぞれの科目の単位がどうにか取れ、四月には、三年生に進学することができた。

三年生になると、虎ノ門病院で行っているパントテン酸カルシウム療法がスモンに効果があると聞き、五月から二か月間、虎ノ門病院に入院して、この療法を受けることにした。毎日が点滴の連続であったが、しびれは少し良くなり、杖がなくても歩けるようになった。しかし、自律神経失調症のような症状が出て、動悸が激しくなり、不整脈が出ることもあった。虎ノ門病院を退院すると、七月には、バスで高校に通えるようになった。休まないで学校に通い、単位を取ることに必死だった。

どうにか卒業できる見通しは立ったが、大学受験をどうするかで迷った。浪人することを覚悟のうえで、外交官になるためには、東大の文科一類を受ける必要があったが、一年目は、体力に自信がないので、学者を目指して東大文科三類一本でいくことに決めた。当時はセンター試験がなかったので、東大の一次、二次試験を受ける必要があった。東大の一次試験は受かったが、予想通り二次試験で数学の図形の問題がどうしても解けず、不合格になった。予備校に入学するのにも、試験があった。予備校の試験に合格して、名門予備校に通い、一年間浪人生活を送ることになった。二浪はしたくなかったので、来年は何校か受験する予定であった。

一彦は体力もなく、学生運動どころではなかったが、当時は、学生運動が全盛期で、都内の各大学でも学生運動が活発に行われていた。昭和四十四年には、東大の安田講堂が学生に占拠され、連日その様子がテレビで報道された。最終的には、同年三月の東大の入学試験が中止になった。東大の入学試験が行われなかったのは、後にも先にもこの昭和四十四年だけである。これは受験生にとっては予想外の出来事で、非常に驚き、動揺した。一彦の計画は、大きく崩れた。高校の時、一年休学しているので、もう一年浪人することは無理だと思った。今の体調では、東京を離れることはできないので、京大、東北大に行くことはできなかった。志望校をどう変更するかで大いに迷った。

五　大学に合格

一彦は、一橋大に願書を出し、不本意ではあったが、高校受験の時辞退した早稲田大学を受けるしかなかった。一橋大は不合格となり、早稲田の法学部、文学部、教育学部の三学部を受験して、すべての学部に合格した。最終的には、早稲田の法学部に行くことに決めた。

早稲田大学も学生運動が盛んで、法学部は校舎が学生に占拠されて、二年と四年の時は、授業が行えず、レポート提出で成績が評価された。科目が多くレポートの提出期間が短期間だったので、それぞれ二日徹夜して仕上げた。東大の試験がなかったことで、フラストレーションがたまっていたのか、一彦は真面目にすべての授業に出席した。スモンの診断書を提出して、体育の実技は免除された。一年生の成績は、良が一つで、他は全て優であった。年度末に大学の事務所から呼び出しがあった。東大の試験がなかったので、東大に行くべき奨学金が、早稲田、慶応に割り振られた。一彦は、成績優秀につき、返還義務のない名古屋に本店がある銀行の奨学金を受けることになった。毎月三千円の奨学金は、当時としては、とてもありがたかった。卒業時、奨学金を受けた銀行から印鑑が贈与され、当行に就職するように勧誘された。一彦は銀行員に向かないことと名古屋は遠いと思ったので、銀行の誘いは、丁重に断った。

大学に入学して、最初は歴史関係のサークルに入ったが馴染めなくて、一年で辞めた。しかし、そのサークルで知り合った小松幸一《こまつこういち》とはよく酒を飲み、歴史の議論をした。彼は大学卒業後、大学院に行き、講師として地元の金沢に戻り、後に金沢の大学の教授になった。五、六年前、彼が仙台の大学に出張した帰り、一彦は郡山の駅前で何年かぶりに会って、酒を酌み交わした。彼とは、今でも、年賀状を交換するなど交流がある。

二年生になると、新しくできた「ロシア文学を読む会」に入った。前にも書いたように、一彦は、高校時代、親友の影響で、ロシア文学、特にドストエフスキーやチェーホフは全集を購入してかなり読み込んでいた。ドストエフスキーは原書の全集を購入するほどの熱の入れようであった。そうは言っても、ドストエフスキーの作品を原書で読んだのは、友人の指導を受けて読んだ短編の『白夜』だけだった。ドストエフスキーの波乱万丈の六十年の生涯は、一彦には魅力的であった。『罪と罰』から始まり『白痴』『悪霊』『未成年』『カラマーゾフの兄弟』と続くドストエフスキーの晩年の五大長篇はすべて読んだ。

このサークルは、会員が十人位のサークルで、半数は女子学生だった。一彦は、仙台出身の大川由美子《おおかわゆみこ》がスタイルもよく、賢く、美人だったので、興味を持ったが、彼女に言い寄る男性は何人かいた。彼女を遠くから見守るしかなかった。

翌年、「ロシア文学を読む会」は、「露西亜文学研究会」と改名して、ロシア文学に精通していると評価された西一彦が、幹事長に就任した。また、彼の相棒として、学年が一年下の進藤章夫《しんどうあきお》が、事務局長になった。彼は色々と企画するのが得意で、毎年夏になると、伊豆半島の熱海から下田の間の温泉地で、夏の合宿をした。勿論、ロシア文学の議論もしたが、温泉につかったり、ミカン畑に入りミカンを取ってきたりとか、ユニークな楽しい夏合宿であった。

その年の秋の早稲田大学文化祭では、ピロシキなど簡単なロシア料理を出す「ロシア喫茶店」を出店した。部員ばかりではなく、部員の家族がボランティアで駆け付け、一彦の下の妹も駆り出された。喫茶店は連日大盛況で、かなりの収益を得ることができた。その資金で「ロースカズニ」というロシア文学の冊子を出版した。一彦は、チェーホフ雑記と小説『蝮』を掲載した。当時、会員ではなかったが、後に早稲田大学文学部ロシア文学の教授になる横田《よこた》瑞穂《みずほ》氏から『鷗外の二つの翻訳小説と私』という短文を寄稿してもらった。

六　スモンの会の誕生

全国各地で「スモンの会」が誕生し、昭和四十四年六月にはスモン患者の交流誌「スモンの広場」が発行された。東京のスモン患者、相良丰光《さがらよしみつ》（経営コンサルタント・四十一歳）、志鳥栄八郎（音楽評論家・四十四歳）らが中心となって同年十一月に、東京の千日谷会堂で二百数十人が出席して、「全国スモンの会」が結成された。会長には、相良丰光、副会長には、埼玉県中島病院のヘルスカウンセラー山村幸子《やまむらさちこ》を選出した。事務局は中島病院内に置かれ、事務局員には、田坂玲子《たさかれいこ》（主婦・五十歳）ら四人が選出された。一彦も結成式には参加した。全国スモンの会は、翌年の四月には、十五都県十七団体、会員千二百人を超える大組織になっていた。

一彦がスモンの会に参加して驚いたのは、一彦のような学生では会えないような様々な職種の人、幅広い年齢層の人との出会いであった。相良会長は行動力のある人物で、一彦も会長に家庭教師をする学生を一人紹介してもらった。スモンの会は本来患者自らが助け合い、励まし合って、二度と悲惨な薬害患者を生み出さないように社会に働きかける組織なはずであった。相良、山村には、全国スモンの会を立ち上げたという自負があった。しかし、相良、山村体制の目指すところが、スモンの会の会員を増加させ、会を利用して、営利な団体の設立を目指しているようにも思えた。相良、山村体制の独善的な手法に、違和感を覚えるものも少なくなかった。

全国スモンの会が結成された翌年、東京スモンの会が結成された。東京スモンの会の中心的な活動家は、理論家の野田敦子《のだあつこ》さん、実務家の田坂玲子さんの二人であった。二人ともスモン患者で女性であった。野田さんが六歳年上であった。野田さんは図書館司書で、昭和三十七年に五十歳で発病、田坂さんは主婦で、昭和四十三年に同じく五十歳で発病していた。二人ともスモンに対する熱意は、ずば抜けていた。熱意だけではなく、研究熱心で、そのスモンに対する知識量は半端ではなかった。二人ともはじめは、相良、山村体制を指示していたが、その独善的な会の運営と不正経理が発覚したため、二人は、相良、山村に反省するように求めたが、相良らは、二人の話に全く耳を貸さなかった。昭和四十七年七月、会の改革に取り組もうと、東京の千日谷会堂に東京、千葉、兵庫、大阪など八支部から約三十人が集まった。一彦は、野田、田坂と議論して、二人のスモンに対する一途な姿勢に同調して、二人と共に行動していた。相良たちとは別に、「全国スモンの会の姿勢を正す会」に参加するように呼び掛けた。

「我々有志は、スモンの会の初心に立ち返り、会の姿勢を正す行動を起こそうと決意しました。」

こうしてスモンの会は、相良、山村を中心とする第一グループ、姿勢を正す会の第二グループ、さらに弁護士数人で構成する第三グループに分裂した。第一グループは和解でもよいという姿勢で、第二、第三グループは判決を求めて提訴していた。

スモン訴訟東京地裁原告団は、製薬三社に向けて一斉行動を起こした。行動の中心になったのは、野田、田坂の二人であった。製薬三社の東京支社に出向いて要求書を手渡した。

それは、

① 原因はキノホルムであり生命や健康に対する配慮をせず製造販売した事実を認めよ。被害者に謝罪し、法的道義的責任をとれ。各地の裁判では原告の主張に、ウイルス説は間違いと認め、早く終結させよ。

② 補償金を支払い、恒久補償案を提示せよ。

③ 医薬品を総点検し薬害を発生させない確約をせよ。

被害者の中には「直接話をすれば少しは反省するかもしれない。」と期待してその場に臨んだ者もいた。三社に答えは、「裁判上で明白にしたい。」というものでは被害者たちの意を全く汲んでいなかった。

被害者たちは、何回か製薬会社に抗議に出かけたが、一彦は田坂さんに誘われて一度だけ抗議活動に参加した。この時の抗議では製薬会社三社だけではなく、厚生労働省にも出かけて抗議した。まず、製薬会社に行くと、課長クラスの職員が出てきたが、上から目線で、明らかに誠意が感じられず、「自分たちの会社が儲かることしか考えていない」と実感した。次に訪問した厚生労働省に役人たちも、係長クラスの職員が何人か出てきたが、自分たちの問題として捉えていないのか他人事のようでそっけなく誠意が感じられなかった。この抗議行動に参加して、一彦はスモン訴訟で判決を勝ち取るしかないとつくづく思った。

スモン調査研究協議会の総合的調査研究によっても、スモンの原因は一向に分からなかった。

昭和四十五年二月の「朝日新聞」の一面トップに京大井上《いのうえ》助教授の「井上ウイルス」の記事が大々的にされた。これは、医学専門誌「医学のあゆみ」に公表される井上論文をスクープしたものであった。内容は、細胞写真を掲載して「スモンウイルス説」を断定したものである。患者たちの衝撃は大きかった。新聞記事を見た一彦も大きな衝撃を受けた、ウイルスが原因とは、想定外でかなりショックだった。今まではスモンであることを隠しているわけではなかったが、今後、スモンであることを公表したくなくなるようになった。ただ、ともに暮らしている家族は、一緒に暮らしていて移ることもなかったのだから、全く動揺はしていなかった。一彦はこうした家族の態度に感謝した。

スクープから十日後に開催されたスモン調査連絡協議会の病原班会議では、井上ウイルスをスモンの病原と断定するのには、時期尚早であると結論付けた。

このように、ウイルス説は不確実なものばかりであったにもかかわらず、続出するウイルス説の新聞、テレビなどの情報は、あたかもスモンの原因がウイルスと結論づけられたかのような刺激的な報道が続いた。その結果、残念なことに、少なくとも十名を超えるスモン患者の自殺が連日報道された。

勿論、報道の自由は保障されているが、当時の学者の論文発表の精度、報道の姿勢に問題はなかったか、検証する必要があると思う。

七　スモン原因の原因が整腸剤キノホルムと判明

同年四月、東大が医師を派遣していた東京三楽病院の、入院中のスモン患者につけた導尿管が緑色に染まっていることに気が付いた。これを聞きつけた東大助手の井形《いがた》らは、導尿管に沈着した緑色物質と緑尿を薬学部の研究室に持ち込んだ。三週間後に緑物質の緑色の正体は、患者に投薬されたキノホルムの三価鉄キレート化合物と判明した。新潟水俣病の発見を経験していた新潟大の椿《つばき》教授は、キノホルムそのものの毒性を疑い、疫学調査を開始した。スモン患者百七十一人を対象に精力的な調査を重ね、キノホルムの使用量とスモンの発症率の相関関係の調査結果を次のように発表した。

①　患者のほぼ全員がキノホルムを一日一・二グラム以上長期間服用してい
　て、「全く服用したことがない」と答えた患者はいなかった。
②　キノホルムを大量に服用した患者ほどスモンの症状が重かった。

以上の調査結果から、キノホルムの使用量とスモン発生率には明らかな相関関係が認められた。

報告を受けた厚生省は、中央薬事審議会の答申を受けて、昭和四十五年九月八日、整腸剤キノホルム剤の販売中止を決定した。この販売停止により、スモンの発生がピタリと止まった。

一彦もまさか自分が飲んでいる整腸剤キノホルムが原因だとは思わなかった。

体力的なこともあり、激務には対応できないことを実感して、スモンになったことにより一彦の外交官として活躍する夢は完全に消えた。今回のスモンの原因はキノホルムであるという事実に向き合い「薬は毒である」と改めて思った。しかし、薬を全く飲まないで、健康を維持できるのか。残念なことではあるが、「薬は毒であるという認識の下で、最小限の薬を飲む」という選択しかできないような気がした。

昭和四十五年は、スモンウイルス説に始まり、スモンキノホルム説で落ち着くのかと思ったが、一彦にとって、ショックな事件が起こった。十一月二十五日に、一彦が早稲田大学の図書館で本を読んでいるととんでもないニュースが入ってきた。三島由紀夫が陸上自衛隊市ヶ谷駐屯地に「楯の会」の四人の学生とともに乱入して、東部方面総監室に立てこもり、割腹自殺したのだ。三島は当日の朝に、三島のライフワーク『豊饒の海』の第四部『天人五衰』を完結編として脱稿していた。一彦は、ロシア文学ばかりでなく、三島由紀夫の作品はかなり読んでいた。豊饒の海は、第三部『暁の寺』まで読んでいた。三島に心酔していたわけではないが、自衛隊駐屯地での自殺と聞いて、かなりのショックを受けた。何故、四十五歳という人生の最盛期で自殺するのか、理解できなかった。

一彦は、「全国スモンの会」の事務局員になっていた。スモンの患者数は、最大一万一千百二十七人になった。スモンの会報「スモンの広場」には、会員の住所、氏名が掲載されていたが、当時は、個人情報の保護という概念がなく、だれでも自由に閲覧できた。

昭和四十六年の冬、母がスモンだという十八歳の女性から、突然手紙をもらった。写真が同封されていて、機会があれば、会って食事をしたいという。住所は中野区で、写真を見ると美人ではないがぽっちゃりとしていた。一彦も、会うことには異存がなかったので、渋谷の喫茶店で会うことになった。その後、中華料理屋で食事をしたが、実際に会ってみると、かなり印象が違い、一致する趣味もなく、会話が弾まなかった。一彦は、自分の好みの女性ではないと、自覚するようになった。相手の女性も、一彦を気に入ったわけでもなかった。この出会いは、一回のデートで終わった。お互い未練はなかった。

一彦は、「スモンの広場」の名簿で、同じスモン患者で、二歳年下の成城大学一年生の池辺江梨子《いけべえりこ》という女性に手紙を送った。すぐに次のような返事が来た。

「西さんは、わたしのこと、どの程度ご存じなのですか。私は現在、二本のクラッチと装具をつけて歩行し、視力もやられていますので、矯正しても、０・０８なのです。一人っ子の上に変な病気になっちゃったので、この頃とっても意地悪な女の子になってしまいました。こうして手紙を書いていると西さんってどんな方なのかしらとなんて想像してしまいます。私のことはあまりよく想像なさらない方がいいですよ。会った時に失望しますから。」

「西さんと話していると、大学へ復学しようという気持ちもわいてきたのです。大学へ帰るということは単なる勉強だけではなくて、私にとってはそれが社会復帰につながる道と考えたからです。」

一彦は、しっかりした自分の意見を持っている人だと好印象を持った。

池辺江梨子は、昭和四十七年三月四日、成城大学への復学が決まり、母親と二人で上京した。下宿は大学の近くに借りた。

二人が初めて会ったのは、昭和四十七年三月二十日である。

成城大学のキャンパスが、初めてのデートの場所である。彼女はベンチに座って彼を待った。

「十五分くらいしたら彼が来ました。紫色のスイートピーと白いフリージアの花束を持って。初めて会ったのに、なんだかずっと前から知っていたみたいな感じでした。メガネの奥の優しい目と髪をかき上げる長い指が印象的だったわ。」

彼女は、一彦に手紙を書いた。

「急にスイートピーとフリージアのお礼が言いたくなりました。私、病気になってから、病気になる前よりも、幸福というものをよく知りました。私、幸福の作り方覚えたの。心の持ちようで人間は幸福にも不幸にもなれるのね。」

池辺江梨子と本格的に交際することになった。彼女は目鼻立ちが整っていて、細身でスラっとしていて、身長は一彦と同じくらいであった。彼女の父親は、福島県の農業試験場に勤務していた。彼女は大学生であることもあって、スモン患者として、ある時、テレビ出演した。これがきっかけ、出版社からスモン患者として本を出さないかとの話があった。彼女は昭和五十年に『愛と戦いの序章』という題の本を出版した。一彦との交際も内容に含まれていた。出版社の話では、約一万五千部売れたとのことであった。

一彦は成城の江梨子のアパートに、一週間で一度のペースで通うようになった。帰りはいつも夜遅くなっていた。終電に間に合わない時は、タクシーで帰宅した。

一彦は大学に入ってアルバイトがしたかったが、この体調では普通のアルバイトは無理だと思った。しゃがむことがうまくできないので、自宅の和式のトイレもそのままでは使えず、木製の特性の椅子を作ってもらい、それを使用していた。相変わらず、手の指先と胸のあたりまでしびれていて、違和感を覚えていた。色々と考えた末、石神井の自宅で学習塾を開校することにした。高校受験者を対象にして、中学三年生に数学と英語を教えることにした。近所一帯に数百枚のチラシを配り、生徒を募集した。八人の男女中学生が集まったが、教室が二階の六畳間だったので、生徒は八人が限界だった。手製の資料作りにはかなり苦労したが、お陰で塾の評判は良く、四年間ほぼ満杯の状態が続いた。考えてみると、スモンはキノホルムが原因と判明したのが、大学二年の秋だったので、塾のスタート時点では、スモンの原因は不明であった。しかし、一彦は病気であることは秘密にしていたので、彼がスモンであることを知る人は、近所では誰もいなかった。

前にスモンの会の相良会長から依頼された家庭教師は、三か月程で終了した。一彦は、近所の人から頼まれて、都内で三本指に入る私立の難関高校を受験したいという中学三年生の男子の個別指導の家庭教師を依頼され引き受けた。週二回その子供の家に行き、二、三時間、数学と英語の勉強を教えた。英語のレベルの高い進学校だったので、新宿や池袋の書店を何店舗か回って、普通では使われていない高度な英語の参考書を選んだ。当時の英語は、現在とは違い、ヒアリングなどはなく、文書の理解力と文法が中心であった。彼は、頭の回転も速く、理解力も申し分なかった。一年間、一対一で丁寧に教え、試験の当日を迎えた。「がんばれよ。」と言って送り出した。試験当日の夕方、本人が石神井の自宅を突然訪ねてきた。彼は興奮していたが、話を聞いてみると一彦が選んだ英語の参考書の長文の問題が全くそのまま出題されたということを報告に来たのだ。当然、彼は難関校に合格した。同じ問題が出題されたのは偶然であったが、もともと彼には合格できる実力があったのだと思う。無邪気に喜ぶ彼の姿を見て、一彦も涙が溢れそうになった。

昭和四十六年の春、福岡市で全国スモンの会が開催され、全国スモンの会役員の音楽評論家の志鳥栄八郎氏が、福岡大会に出席するよう招待された。志鳥先生から一彦は、福岡に同行するよう誘われた。彼は、スモンのため歩行障害ばかりではなく、視力もやられて、失明していた。一彦は、志鳥先生に目をかけてもらい、大学を卒業したら、志鳥栄八郎に弟子入りして、音楽評論家を目指さないかと言われていた。非常にありがたい話ではあったが、一彦は、クラシック音楽にはそれほど造詣も深くなく、自分には、音楽評論は向かないと思っていた。機会を見つけて丁重に断る決意をしていた。

福岡へは夜行寝台特急あさかぜで行くことになった。一彦は夜行寝台列車に乗るのは初めてであった。東京駅で待ち合わせて、特急に乗り込んだ。列車内で志鳥先生とワインを少しのみながら、フルコースの洋食を食べた。楽しい食事ではあったが、慣れない夜行列車のため、上段の狭いベッドに入った一彦はほとんど眠れなかった。中途半端に酒を飲んだのもよくなかったのかもしれない。十二時を過ぎても、目はパッチリ開いていた。志鳥先生は、下段のベッドでぐっすり眠ったようだった。

翌朝、寝台列車は博多駅に着いた。スモンの会の大会は午後一時からだったので、博多市内を少し散策することになった。タクシーを拾い、志鳥先生と二人で乗った。タクシーに乗って五分もしないうちに、一彦は震えが来て、動悸が激しくなった。先生も異変に気付いて、タクシーは近くの病院に直行した。事情を話して、すぐに医師の診察を受けた。医師の診断は、昨晩眠れなかったことによる睡眠不足が原因の自律神経失調症ということで、注射を打ってもらい、病院で二、三時間ほど仮眠したら症状が安定した。午後のスモンの会の会合には間に合ったが、本来は、一彦が目の不自由な志鳥先生をサポートしなければならないのに、逆に先生に助けてもらって、病院でかかった経費まで払ってもらった。先生に感謝するとともに、本当に情けないと思った。やはり、無理の利かない体であることを常に自覚しなければならないのだとつくづく思った。

当日は福岡市内のホテルに泊まり、翌朝、電車を乗り継いで東京に帰ってきた。

昭和四十六年五月には、全国スモンの会は、諸条件を備えた二名のみ原告にして「チャンピオン訴訟」として東京と兵庫の二人のスモン患者が、製薬会社三社、国、医師などを被告として、東京地裁に損害賠償訴訟を起こした。原告はその後増加し、東京地裁では、二千四百七十五人が提訴した。東京ばかりでなく、スモン訴訟は全国十七の地方裁判所に広がっていった。東京地裁のスモン訴訟は、和解を推進するか、判決を求めるかで意見が分かれ三グループに分裂した。一彦は判決を求める第二グループに所属していた。第二グループは昭和四十八年一月に第一次提訴をした。提訴するには、キノホルムを服用したという証明書を服用された医院から提出してもらうことが最低条件であったが、何回か交渉しないと証明書は交付してもらえなかった。一彦がキノホルムの証明書を取得したのが、同年六月だったので、一次訴訟には、間に合わず、同年秋の追加訴訟で提訴した。第二グループの原告団事務所は、山手線大塚駅から徒歩五分の所にあった。平日は、十人以上のスモン関係者で賑わっていた。一彦は、先に述べた田坂さん、野田さんをはじめ、何人かのスモン関係者と親しくなった。スモン原告団事務局長の中山幸子《なかやまさちこ》さんは、大学で一級建築士の資格を取り、東京都に就職した数年後に、二十代でスモンを発症した。視力のほうは異常がなかったので、スモンの症状としては中程度といえる。

何しろ、製薬会社、国に責任を認めさせ、判決を勝ち取りたいと言っていて、製薬会社を積極的に訪問するなど、その行動力は半端でなかった。一彦も彼女の考えには賛同できた。

「製薬三社、チバ製品、武田薬品、田辺製薬は、自分たちが罪を犯したという自覚がなく、賠償金さえ払えばよいと思っている。大企業の営利優先の理論である。裁判の判決により、今回のスモン事件の重大さを自覚させる必要がある」と彼女はいつも声高に言っていた。

中山さんは、弁護士と結婚して妊娠したが、医者にスモンの身で産むのは危険だと言われ、最初の子は中絶しなければならなかった。しかし、どうしても子供が欲しくて、数年して思い切って長男を生んだ。四十度の熱が一か月続いて、回復するのに四年かかった。体調がよくなると二人目に子供が欲しくてたまらなかった。元気いっぱいの男の子が生まれたが、全身がきしみ、むくみが出て、体が思うように動かなかった。彼女は、後に自分の日常生活を緻密に描写した本も出版した。

郡山市にある日大工学部の教授であった西川《にしかわ》教授は、妻がスモン患者である。東京の事務所で知り合い、よく酒飲みにも行った。奥さんはスモンが原因ではないが、子供が生めない体になったと悔しそうに言っていた。スモンの症状としては、中程度である。

第二グループとしてスモンに関する後世に残るような本を出版することになった。東京大塚の原告団事務所で議論を重ね、スモンに関する本は外部に委託したが、事件史編は、西川教授、一彦らスモン関係者が執筆することになった。キノホルムの誕生から始まり、スモン裁判の判決、和解になった経緯に至るまで、資料を収集して、分担して執筆した。

郡山市安積町の教授の自宅にも一彦はよく行き、家族ぐるみの付き合いをした。しかし、数年後には、一彦は安積町にある自宅を売却して、教授の地元である香川県に戻ることになった。

西川教授は福島県南会津郡田島町出身の星野恵子《ほしのけいこ》さんの面倒をよく見ていた。星野さんは、会津若松の呉服店に勤務している二十歳の時、社員旅行後に激しい下痢を起こし、口がこわばって開かず、足がしびれ、四、五日後には、全く歩けなくなった。スモンと診断された。会津若松の総合病院に入院したが、当時はスモンの原因が分からず、連日六錠のキノホルムが治療薬として投与され、十月には完全失明した。翌年の春、父が急死してショックを受け、翌月に睡眠薬自殺を図ったが、未遂に終わった。九月にはスモンの原因がキノホルムと判明した。点字を習い、編み物を始める。昭和四十六年十月には、福島県スモンの会の結成を呼び掛ける。裁判提訴後は、公判中は車椅子を押されながら、東京地裁に通った。昭和五十一年十一月に洗礼を受ける。当時、体重は二十七キログラムまで減少していた。スモンに関する『春は残酷である』という本を西川教授が前面に立って協力して出版して話題になった。その後入院生活を続けて、様々な治療が行われたが、最終的には、腎臓が機能しなくなり、四十三歳の若さで亡くなった。スモンの残酷な事例の一つである。

一彦は、昭和四十七年四月に大学の四年生になった。単位も順調に取れ卒業の見通しも立ったが、大学卒業後の進路については迷っていた。多忙な仕事に就くことは無理であると分かっていた。ロシア語を更に勉強して、大学院に行って学者になるという道もあったが、法学部卒業なので、文学部の大学院にストレートで行く道は厳しく、大学の文学部の三年に学士入学する方法が確実であったが、早稲田のロシア文学はレベルが高く、北海道大学のロシア文学なら可能性はあったが、北海道への単身留学は、今の病状では厳しく、結局諦めるしかなかった。

池辺江梨子との関係は更に深まっていったが、池辺の父は、二人が東京と郡山にそれぞれが基盤を置くのでは、結婚に反対であると言ってきた。一彦は一週間程熟慮して、福島県に移住する決心をした。そして、そのことを江梨子に伝えた。江梨子は喜んでくれた。

それぞれの実家にあいさつに行くことが決まった。まずは、江梨子を一彦の練馬の実家に連れていくことになった。九月のある日、江梨子を一彦の両親に会わせた。両親の感触は悪くなかった。足の悪い嫁でも一彦が良いのであれば、反対はしないといわれた。江梨子と一彦の両親との会合は話が弾んで、予定の時間をはるかに超えた。大成功だった。二人でにっこり微笑んだ。

翌月、一彦は郡山市の江梨子の実家に行った。郡山駅からバスで十分程度の住宅街にあり、交通の便もすごく良いところだった。両親の家は、百坪程の土地に建てられた平屋で、隣のもう一軒百坪程の土地も、両親の名義になっていた。更に近くにもう一軒空き家になっている家屋を所有していた。江梨子の両親は、一彦を好意的に迎えてくれた。こちらも、会話が弾み、話がとんとん拍子で進んでいった。一彦が郡山に行く決心をしたことに、感謝の言葉が返ってきた。江梨子の方は、通学していた成城大学も四年で卒業できる見通しが立った。

八　一彦と江梨子が婚約　一彦は福島県に就職

昭和四十八年一月に、西一彦と池辺江梨子は、正式に婚約した。スモン患者である田坂玲子さんに仲人をお願いすることにした。田坂さんは、専業主婦だが、旦那さんは、ＮＨＫの職員であった。田坂さんは昭和四十三年に、スモンを発病した。スモンの症状としては重症な部類ではなく、スモンの事務職員として、玲子さんがいたから事務局がうまく運営できたといわれるくらい貴重な存在であった。何しろ真面目で几帳面であった。当日は郡山から江梨子の両親が上京して、都内のホテルで、仲人と両家の両親とともに、会食をして、婚約指輪を交換した。婚約は滞りなく終わった。

一彦の就職について、二人で何度か話し合った。一彦は、公務員であれば生活も安定するし、激務ではないと思った。しかし、国家公務員の上級職は受かる確率も低いが転勤が全国に及び、大蔵省、総務省などは激務なので避けることにした。江梨子の体調のことを考えると郡山に住むのがベストだと思った。一彦が出した結論は、福島県庁と郡山市役所の上級職の試験を受けることだった。三月に早稲田大学法学部を卒業して、六月に二つの公務員試験を受けることになった。

一彦の体調は、手足のしびれは相変わらず残っていたが、地道なリハビリと若さのお陰で、歩き方は周りから見ても分からないくらい正常な状態に戻っていた。一彦は試験を受ける際に、スモン患者であることはあえて言わないで、正常な一般人として二つの試験を受験することを決めた。

福島県庁の上級職試験は、一彦は見事合格して、秋には合格者名簿に登載された。一方、郡山市役所の上級職試験は、一次の筆記試験は合格したが、地元ではなく東京都出身ということで、二次の面接試験で不合格になった。

昭和四十九年三月に、最初の勤務地が郡山社会福祉事務所に決定した。社会福祉事務所は、県の郡山合同庁舎の中にあり、郡山駅から歩いて五分の便利な場所にあった。四月から、郡山市で公務員としての勤務が始まった。勤務内容は児童福祉と身体障害者福祉であった。事務所で児童福祉施設入所者の納付書を約三百人分書いたり、身体障害者手帳の作成の補助をしたり、先輩に連れられて、管内の児童福祉施設入所予定者の自宅や身体障害者福祉施設を訪問したりした。児童福祉施設入所予定者の自宅は、辺鄙なところにあることが多く、自宅に行くと、不衛生な茶碗であっても、出された御茶は必ず飲まなければならなかった。一彦にとって、勤務は厳しいものではなかった。五時になると帰り支度をして、全く残業はなかった。

住居は、郡山市桑野の江梨子の両親が所有する住宅に一人で住むことになった。たまに江梨子が遊びに来て、泊まっていくこともあった。食事は江梨子の実家で食べることになった。二人は、一彦が県で一定期間勤務して、自信がついてから正式に結婚することを相談して決めていた。

昭和五十年の春になった。一彦は、県職員になった一年目は、風邪をひくこともなく、体調不良で休むこともなかった。一彦と江梨子の結婚式は、今年の十一月に東京で行うことが決まった。郡山の江梨子の実家の隣に、秋の結婚式までに、県から資金を借りて、二人の新居である平屋を建築することになった。家の新築に当たっては、二人で相談して、バリアフリーで住みよい環境の家になるよう検討を重ねた。

一彦と江梨子の結婚式は、一彦の二十七歳の誕生日である十一月十六日に、東京の地方公務員共済会館で、質素に行われた。仲人は、妻がスモン患者の田坂夫妻、メインのゲストを誰にしようか迷ったが、思い切って、一彦のロシア語担当の佐藤《さとう》教授に話したところ、二人がスモン患者なら、特例だが喜んで参加させてもらうと快諾を得た。一彦の家族や高校、大学の友人、江梨子の家族郡山、郡山や大学の友人など厳選された約三十人が出席してくれた。一彦が勤務している福島県の職員には、日を変えて郡山の自宅に十人程集まってもらって、食事会をした。結婚式の当日、江梨子には、松葉杖をついて出席してもらったが、車椅子で自由に行動してもらった方が良かったかなと後で後悔した。

新婚旅行は、江梨子の体調も考え、近くの神奈川県箱根町に二泊して、無理をしない計画で実施された。当時、障害者が電車に乗り旅行をし、旅館に宿泊するのは、現在のように簡単なことではなかった。

新婚旅行から帰る頃までには、二人の郡山の新居は完成していた。新居は江梨子の両親の家と廊下でつながっていた。すべて、江梨子のペースで進められていた。

翌年の夏に、江梨子が妊娠していることが判明した。江梨子が妊娠したことは、江梨子の両親には、予想外のことのようであった。かなり喜んでくれた。ところが困ったことに、江梨子は妊娠中に風疹に感染していた。医師の話だと、確率は低いが、奇形児が生まれる可能性があると言われた。そもそもスモン患者同士が結婚したのは、他にもいるかもしれないが、かなりのレアケースである。スモンは整腸剤キノホルムの薬害と判明したので、スモンが遺伝することはなく、何もなければ、正常な子供が生まれるはずである。

一彦と江梨子は、どうするべきか時間をかけて話し合った。確率は低くても、もし奇形児が生まれたとしたら、世間では、スモンが原因だと騒ぐであろう。まだ、妊娠するチャンスがあるので、江梨子はせっかく妊娠したのにと残念がっていたが、最終的には、江梨子も納得して、子供を堕胎することにした。一彦は、無念という気持ちもあったが仕方がないと思った。翌日、江梨子は、重い足取りで病院へ出かけた。

「全国スモンの会の姿勢を正す会」で世話になった人々が一人一人亡くなっていった。野田敦子さんは理論家ではあったが、抗議行動には積極的に参加していた。野田ノートの「公害と裁判」にテーマを絞ったメモには、新潟水俣病判決、森永ヒ素ミルク事件、四日市公害訴訟などの問題点が記されている。また、スモン訴訟の方向付けを探っている。

「被害者は弁護士であること。弁護士なんかいなくてもやる。ギリギリ、真剣勝負。患者自身が法を乗り越え裁判を乗り越える。」

野田さんは、昭和三十七年にスモンを発症、その後、舌癌を併発して、一彦たちの結婚式の二か月前、昭和五十年九月に、六十二歳で亡くなった。姿勢を正す会にとって、野田さんが亡くなったことは、痛手であった。

一彦の仲人を引き受けてくれた田坂玲子さんは、姿勢を正す会の抗議行動には、先頭に立って必ず出席していた。田坂さんは、サラリーマン家庭の三人の子を持つ、普通の主婦だった。昭和四十三年、胃下垂と慢性胃炎になり、近くの病院で、キノホルム剤を飲まされ続け、スモンを発症した。昭和五十一年の春、小腸がんのため川崎市内の病院に入院して、手術を受けたが、手遅れだった。五十二年一月、東京地裁がスモン訴訟で和解案を提示した時、田坂さんは「裁判長の可部《かべ》さんはいい人だが、弱い」と語り、スモンとキノホルムの因果関係を否定している田辺製薬に対して「田辺が憎い」と声を荒げて叫んだ。「判決を引き出さなければ薬害根絶はできない」が田坂さんの口癖であった。「私の体を解剖して、スモンのために役立ててほしい」と遺言を残して、昭和五十二年三月すい臓ガンのため死亡した。遺言どおり、遺体は東大病院に運ばれて解剖された。田坂さんのスモンに関わった姿勢には、真摯で卓越したものがあった。後に盛大に、田坂さんをしのぶ会が開催された。

スモン訴訟原告団第二グループの代表である松村博氏《まつむらひろし》は、スモンの症状が重く、手足のしびればかりではなく、視力もかなり低下していた。神奈川スモンの会の代表でもあり、理論的で行動力もあり、スモン患者の信頼も厚かったが、五十代で、肝臓がんで亡くなった。

こうして主要メンバーが三人もがんで死亡したことから、スモン患者は、がんになりやすいのではないかという風評が流れた。

九　東京スモン訴訟の判決が下る

一彦は郡山に帰ってからも、二か月に一回のペースで、東京の大塚にあるスモン訴訟東京地裁原告団事務所に通い続けた。スモンの会は、一彦が所属していた東京地裁第二グループも、和解派と判決派に分裂した。裁判は、何とか和解でまとめたいという方向で動いていた。どうしても判決を求めたいという人は、全体の五分の一程度であった。一彦は提訴の時期が遅かったので、第一次の判決には入らない可能性があったが、どのような判決が出るか、裁判所の判断を仰ぎたかった。提訴者数が多い東京地裁のスモン裁判が、全国のスモン裁判を先導した。昭和四十八年に口頭弁論が再開されると、原告、被告双方の主張が展開され、その争点が明らかになっていった。東京地裁は責任論の山場をていた。原告側の証言や書証により原告の主張は、一貫性がなく崩れかけていた。原告の中でも、賛否両論があったのだが第二グループ弁護団は、原告側初の外国人証人の出廷を申請した。スウエーデンの医師ハンソンである。一人の副作用患者を出した医師としてはるばる日本までやってきたハンソンは、キノホルムそのものが男児に投与され、しかも視神経を侵して薬が確実に吸収されることを確認した事例を熱意をもって説明した。この事例は後の判決に重要な影響を与えた。会社三社、国の状況がかなり不利になってきた。

昭和五十二年一月、チバ製品、武田薬品、田辺製薬の製薬三社と国は、東京地裁に和解案の提示を求めた。

ところで、製薬会社は、なぜ突然和解の方針に転換したのだろうか。

近づく判決を前にして世論は被害者の側にあった。またサリドマイド事件が和解によって、製薬会社の思うがままに動いたことも、製薬会社三社の選択に大きな影響を与えていたと思われる。しかし実際には、ハワイで行われた国際シンポジウムで、スモンの原因がキノホルムであると承認されたことが大きな要因であった。

昭和五十二年一月十七日に、スモン訴訟について、東京地裁委の可部裁判長は、再びウイルス説を主張した田辺製薬を除く当事者に、和解案を提示した。その内容はキノホルムによる薬害として、国と製薬会社の責任を認め、和解金は、最低一千万円、最高三八七五万円となっていた。所見では、国の責任、企業の責任は次のとおりである。

国の責任

① 因果関係について、国はスモン協の見解に従い、これを認めている。

② 医薬品の安全性確保に関する規定が薬事法にないとはいえ法的義務は否定されない。

③ サリドマイド事件に対して厚生大臣が責任を取るとした以上、同一の対応をするべきである。

④ 米国FDAの例を見ても販売中止措置以前に有効な対策をとる機会は十分

にあった。

⑤スモンは社会的につくられた病であり、国もまた、職責上、被害を収拾解決すべく患者を救済する責任がある。

企業の責任

①キノホルムによって重篤な障害が巻き起こされた大規模な薬害であり、サリドマイドの他には比肩すべきものを見ない。

②米国ＦＤＡ勧告はアメーバ赤痢にさえ服用を制限した。日本では特段の実験もなく適応症、服用量とも拡大されるに至った。

③長い臨床経験があるとはいえ、内服薬としての繁用は戦後相当期間を経過してからであり、輸入、生産量の急増はスモン多発時期と対応する。

④チバ社は販売中止措置以前から副作用情報を集めていた。

⑤チバ社は獣医用治療薬に使用不可としながら、ヒトの使用には警戒措置を取らず安全性を強調し続けた。

⑥ 医師が重篤な神経症状を予測できなかったことを非難できない。

⑦ 高度経済成長のもと、通常商品と同様に大量販売大量消費の風潮を助長し、国の製造承認に係わらず独自に責任を負う。

⑧ 武田製薬とチバ製品は一体であり、全ての責任を負担すべきである。

この和解案により東京地裁では、第一グループと第二グループ和解派で、まず三十五人が和解し、第二次和解として二百九人が同年十月に和解した。しかし、まだ判決にこだわっていた一彦と江梨子は、この和解には加わらなかった。

昭和五十二年の夏に、江梨子が再び妊娠したことが分かり、今回は慎重に対応した結果、翌年の一月に、三千二百グラムの男児が無事に生まれた。母子ともに元気で、一彦はほっと胸をなでおろした。生誕時は、母親に似たよく泣く、元気な子であった。名前は修也《しゅうや》と名付けた。三年後の十一月には次男竹彦《たけひこ》が生まれた。一彦は二人の息子の父親となった。

昭和五十三年四月に、一彦は、福島県庁に転勤になった。総務部文書学事課に配属された。仕事は、職員が使う文書法規事務の手引きを改訂することと、各課から外部に出される文書の審査だ。審査が通らなければ、公印を押印することができない。内勤の仕事ではあるが、やりがいのある仕事である。残業は、ほとんどなかった。

郡山から福島まで、通勤することになった。新幹線を使うと福島・郡山間は十五分で行くのだが、東北本線の普通電車で通勤すると、約一時間かかる。一彦は、東北本線で通勤する道を選んだ。自宅から郡山駅まで、バスで十分かかるので、朝六時半には家を出なければならない。しかし、一彦にとって、この通勤は、ほとんど負担にはならなかった。

スモン訴訟の最初の判決は、昭和五十三年三月に金沢地裁で出されたが、その内容はひどいものであった。「キノホルムはスモンの病因の一つ」とし「ウイルス説も否定できない」と予想外の判断をしたことである。したがって、損害賠償額も東京地裁の和解額の四割から八割と定額になっていた。被害者たちは、東京の判決に大きな期待を寄せていた。

昭和五十三年八月に、東京地裁スモン訴訟の判決が出た。後発で東京地裁に提訴した西一彦、池辺江梨子も加わり、百三十三名に判決が下された。

その内容は、

①　スモンの原因はキノホルムである。ウイルスを含めて他の病因は認められない。

②　製薬会社は原告らの被った損害を賠償するべき義務を負う。認容額は先の和解案により積算される金額に弁論終結時以降の遅延損害金（年五％）を付加したものにあたる。

③　国は四十一年十一月以降に発症した原告に対して、被告会社が負う賠償金の三分の一の範囲内において会社と連帯して損害賠償の義務を負う。

というものであった。

裁判の判決という形で、原告の主張が認められたことは、画期的なことであった。一彦たちは、我々の主張が認められたと、この判決を素直に喜んだ。

昭和五十三年十一月、製薬三社に加え、国も控訴して、スモン訴訟の、戦いの場は東京高裁に移った。十一月三十日、厚生大臣と田辺社長との会談が実現して、「和解を拒否する」と明言していた田辺製薬が「政府の方針に同調する」と急転直下方針を転換した。

これで、国と製薬三社が全て和解のテーブルに着くことになった。

このころ、国会ではスモンの動きに絡んで「薬事二法」が審議されていた。「薬事二法」、とは、新薬の製造承認を厳しくして薬害の再発防止を狙った「薬事法改正」と製薬会社の拠出金によって将来の薬害被害者への手当の給付を目的とする「医薬品副作用被害救済基金法案」のことである。この法案は、昭和五十四年八月の臨時国会に再提出され、スモン患者に月額三万円の健康管理手当が支給されるとのことで、法案は成立した。

一彦と江梨子は、第二グループでも判決を求めていたが、キノホルムが原因であると認めた東京地裁の判決が出て、控訴審の東京高裁でも、和解勧告があり、「薬事二法」が国会で成立して、流れは全て和解に向かっていた。これ以上判決を求めても、東京高裁の判決が出る可能性は低く、一彦と江梨子は、和解することに決めた。いずれもチバ製品と武田薬品のキノホルムを服用していたので、一彦は三か月後に和解金二千万円、江梨子は五か月後に最高額の和解金で和解が成立した。

二人とも、うれしいという感覚よりも、ほっとしたというのが本音であった。亡くなった田坂さんのことを思うとこの判断が正しかったのかと自問自答した。

最後まで、どうしても高裁の判決を求めたい原告が何人かいた。

地裁の判決が、最後に出たのは、昭和五十五年十一月の仙台地裁の判決である。

各高裁では、判決を出す予定はなく、根気よく和解に応じるように原告一人一人を説得した。判決を求めた原告も、判決を出す気のない高裁の説得に応じるしかなかった。最終的には、原告全員が和解に応じ、高裁の判決は、一件も出されなかった。こうしてスモン訴訟は完全に終結した。

戦後、さまざまな薬害が発生したが特に大きなものといえば、サリドマイド事件、スモン事件、薬害エイズ事件などがあげられる。いずれの事件でも、製薬会社に反省する意思はなく、事件が起きれば、相当額の損害賠償をすればそれで問題は解決するという姿勢が見え隠れする。

国の姿勢にもかなり問題があったのではないか。前にも触れたが、キノホルムの服用で、下痢が重症化するという論文がアメリカのコーネル大学で発表された。

「キノホルムはアメーバー赤痢の治療に限定するべきである」と昭和三十五年にアメリカのＦＤＡ（合衆国食品医薬品局）が勧告して、アメリカのチバ製品は、この勧告を受け入れたが、規制をされていない日本では、翌年、宝塚工場で、キノホルムのフル操業に入った。

この事実は隠されていたが、十六年後の昭和五十一年十月に毎日新聞にスクープされ、公になった。毎日新聞によると、国はこの情報を把握していなかったという。国がアメリカのこの情報を把握していなかったのは、怠慢以外の何物でもない。国がアメリカのこの情報を把握して、この情報に基づき、キノホルムの服用をアメーバー赤痢に限定していれば、一万人を超えるスモン患者の発症を防げたのではないか。厚生省の検査体制がどうなっているのか、至急、検討してもらいたい。誠に残念な結果ではあるが、薬害スモンは、起こるべくして起きた薬害と言える。国の体制が完璧に整理されなければ、薬害はこれからもなくならないだろう。

そうは言っても、薬を全く飲まないわけにはいかないので、一彦は「薬は毒である」という自覚を一人でも多くの人々が持ち、この認識を多くの人に理解してもらえるよう、地道な努力を重ねていく必要があるとつくづく実感した。

訴訟判決文

判決の構成（主要目次）

第二節　請求の原因

第三節　請求原因の認否および被告らの主張

第四節　被告らの主張に対する原告らの答弁

第五節　証　拠

原告の個別主張綴

理　由

第一編　序　説

第一章　本件審理の概要

第二章　被告らの認否その他について

第二編　因果関係

第一章　スモンの沿革と臨床

第一節　スモンの沿革と調査研究の概要

第二節　スモンの臨床

別紙「スモンの臨床診断指針」他、診断基準

第二章　スモンの病理

第一節　小川・堤らによる岡山地方におけるスモン部検例の病理的観察

第二節　豊倉による病理的考察

第三節　白木・小田によるスモンの病理的考察

第四節　松山らによる電子顕微鏡的研究

第五節　協議会の昭和四六年度研究報告

（昭和四七・三・一三）

第三章　スモンと他疾患との異同

第四章　スモンの疫学

第一節　因果関係認定における疫学的手法
第二節　キノホルムのスモン発症に対する先行因子性
第三節　キ剤服用とスモン発症との関連性
第四節　キノホルム原因説が従来の医学理論と矛盾しないこと
第五節　量と反応の関係
第六節　疫学的因果関係認定におけるその他の問題点
第七節　疫学的関連性についての判断

第五章　キノホルム投与動物とスモンの類似性
――動物へのキノホルム投与実験とその臨床・病理――

第一節　大月・立石らによる実験

第三編　責　任

第一章　被告製薬会社らの責任

第一節　序　説

第二節　結果回避義務を負わせるに必要な予見可能性の範囲および程度を画する際の判断基準

第三節　被告製薬会社らの本件キ剤製造開始時における結果回避義務に関する判断

第四節　被告製薬会社らの本件キ剤製造開始時における動物実験義務

第五節　治験例等の安全確認資料としての価値

第六節　医師の投薬行為の介在および国（厚生大臣）の関与と被告製薬会社の責任

第二章　被告国の責任

第一節　反射的利益論について

第二節　薬事法の沿革

第三節　現行薬事法の規定と立法趣旨

第四節　国とキノホルムとの関りあい

第五節　昭和四二年一一月一日段階において厚生大臣のとるべき措置

添付「副作用文献等綴」

「臨床治験例綴」

第四編　損　害

第一章　個別的因果関係

第二章　損害額の算定にあたり考慮すべき事情

第一節　スモンの被害の特質
第二節　損害額の算定基準
第三節　個別損害の認定
第三章　一部原告の拡張請求について
第一節　被告田辺の不当抗争について
第二節　介護費用の請求について
第四章　結　論

個別認定綴

判決理由要旨

昭和五三年八月三日　東京地方裁判所民事第三四部
裁判長裁判官　可部恒雄
裁判官　荒井眞治
裁判官　鎌田義勝

一、井上ウイルスの病原性

井上ウイルスの分離・検出、継代化等については、多数の報告により否定されており、一般的な追試可能性が認められない。いま、その存在を仮定するとしても、被告田辺の主張のごとく高率に分離されるとすれば、相当の感染率をもって広範囲に伝播《でんぱ》されて行くはずであるのに、何故スモンはわが国においてのみ多発し、わが国と交通・往来のひんぱんな諸外国では流行しなかったのか。

「外国スモン」の問題は、キノホルム説に対するよりもウイルス説に対して、はるかによく妥当する。また、ウイルス感染に対するいかなる対策も講ぜられていないのに、昭和四十五年九月以降スモン患者の発生が劇的な形で急減し、ついに終息を見るに至ったのは何故か。感染説によっては論理的に説明され得ない、スモンの病理学的特徴が、代謝障害、中毒、欠乏状態のカテゴリーに分類さるべきものであること、スロー・ウイルス・インフェクションについても、その病変の分布は、スモンのそれに比しはるかにランダムであること等からすれば、ウイルス説はスモンの病理に著しく矛盾するものというほかはない。

ウイルス説を支持する動物実験報告は、特定のマウスに限られ、犬、ネコ、ウサギを含む他の動物種について、肯定の報告例がないのは何故か。カニクイザルやチンパンジーについて、病変の発現自体が認められないのは何故か。要するに、感染説では説明され得ないスモンの疫学・臨床・病理所見からして、ウイルス説はとうてい採用し得ないのである。

井上らによるウイルス説の提唱後六年余、原告らによる本訴提起後五年余を経た昭和五十一年十月、被告田辺がにわかにウイルス説を主張するに至るまで、被告国や関係製薬会社のうち、その一者として、ウイルス説を採る者のなかったことが想起されてよいであろう。

二、スモンの病因

疫学面での調査・検討の結果認められるスモンとキノホルムとの間の高度の関連性は、キ剤投与実験動物とヒトのスモンとの臨床・病理の両面における極めて高い類似性、さらには発症機序に関する実験によって、より一層緊密の度を加えるに至ったのであって、キノホルムとスモンとの間の因果関係は、優にこれを認めることができる。

スモンの病因はキノホルムであり、これと並存する（わが国に特有の）他の何らかの原因物質に起因するものではない。ウイルスを含めて他の病因は、本件全立証を通じて認められない。すなわち、キノホルムがスモンの唯一の原因物質として認められるのであり、スモンがわが国において多発したのは、一に長期大量投与による。

そして、薬剤の長期大量投与という「社会的要因」がわが国においてスモンの多発を招来したことは、わが国の医療制度の在り方に深い反省を迫るものといわなければならない。

三、被告製薬会社の責任

被告会社らは、グラビッツ、バロスらによる副作用報告、デービッド警告、キノホルムおよび類縁化合物の動物への投与実験報告等から、キ剤の投与による神経障害の発生が予測可能であったもので、本件キノホルム製剤につき、最初に製造の許可を受けた昭和三十一年一月以降、製造販売を開始するにあたり、少なくとも、能書の記載、医師へのダイレクト・メール、プロパーが医師を個別に訪問した際の口頭での伝達あるいはマスコミなどの手段を通じて、キ剤の適応症をアメーバ赤痢に限定するとともに、バロスらによる両下肢の知覚・運動障害の認められた二症例を公表し（一日の投薬量、投与期間の制限およびそれ以上服用すればバロスらの報告例に見られるような神経障害を生ずる惧れがある旨を明示し）、併せて右適応症以外の疾病の治療のための内用に供してはならない旨、また、もし右神経障害の徴表が発現したときは直ちに投薬を中止すべき旨の指示・警告をなすことを要し、かかる指示・警告付きでのみその製造販売が許され得たものといわなければならない。

しかるに、被告会社らは、何らかかる措置を講じなかったばかりでなく、かえって、おびただしい数の適応症を掲げ、さらには各社いずれも、その安全性を強調しつつ、戦後の高度経済成長の波に乗り、通常商品におけると同様、大量販売、大量消費の風潮を助長したものであって、被告会社らの結果回避義務違反は、昭和三十一年一月の本件キ剤製造開始時においてすでに明らかであったばかりでなく、その後、年を経るとともに、いよいよその度を深くしたものといわなければならない。

四、被告国の責任

1．新憲法下に登場した昭和二十三年薬事法はもちろん、これを全面的に改正した昭和三十五年薬事法においても、製造等の承認にあたっての審査基準審査手続き、審査機関ないしは承認後の追跡調査制度、承認の撤回等、医薬品の安全性確保のための具体的諸規定が見事なまでに欠落しているのであって、行政警察法規としての「薬事法の性格およびその規定全体との関係」から見て、実定法上、承認権者たる厚生大臣に医薬品の安全性確保を法的義務として課する根拠を見出し得ない。

しかしながら、昭和三十五年法の施行後、間もなく発生したサリドマイド事件により、医薬品の安全性の確保がわが国を含めて全世界の緊急課題となり、厚生当局も、かかる新たな行政需要と実定法との乖離《かいり》の中で、医薬品の品目ごとの承認という「授益的行政行為」を明文の規定なくして取り消し得るという有権解釈を後ろ盾として、医薬品の安全性確保という緊急課題に応えるべく薬務行政を運営し、昭和四十二年九－十月、「医薬品の製造承認等に関する基本方針」を策定するに及んで、医薬品の安全性確保の要請が、新たな法思想として明文化され集大成されて、成文の形で定着するに至り、以後、薬事法は、憲法二二条（職業選択の自由）のみならず二五条（公衆衛生の向上及び増進）の条規をも指導原理とする、医薬品の安全性確保のための法律として解釈適用されることを要する（昭和三十五年法一四条は、以後、安全性確保のための根拠規定として機能することとなる）ところ、前記「基本方針」の内容に照らし、昭和三十五年法の実質的修正は、昭和四十二年十一月一日を基準日として、実現したものと解するのが相当である。

2．本件キノホルム製剤の製造等の許可・承認は、すべて基準事前のものであり、当該処分力しの暇疵が許可・承認の申請手続き上の第三者たる国民との間においても違法となる場合にあたらないので、原告らの主張のうち、右許可・承認それ自体の違法をいう点は採用できない。また、基準時後においても、製造等の承認は、高度に専門技術的な行政行為として自由裁量処分たることと疑いをいれず、したがってまた、これに対する取消権の行使も、厚生大臣の自由裁量に委ねられるのを本則とする。

3．製造承認の取り消しを含めて、行政庁の規制権限の行使は、国民（業者）の営業活動の自由に対する行政上の監督権の行使にほかならず、特定業者の営業活動等により第三者に被害を生じたときは、その原因を与えた当該業者に損害賠償の責任が帰属するのを当然とし、行政上の監督権の不行使を理由として、国または地方公共団体が損害賠償責任を問われ得るのは、特殊例外的な場合に限られる。

4．国民の生命・身体・健康に対する毀損《きそん》という結果発生の危険があって、行政庁が規制権限を行使すれば容易に結果の発生を防止することができ、行使しなければ防止できないという関係にあり、行政庁において危険の切迫を知り、または容易に知り得べかりし情況にあって、被害者として規制権限の行使を要請し期待することが社会的に容認され得るような場合には、規制権限を行使するか否かについての裁量権は収縮・後退して、行政庁は権限の行使を義務づけられ、その不行使は作為義務違反として違法となる。

5．本件において、戦前におけるキノホルムの劇薬指定の解除につき、何ら説明らしい説明もなく、戦後における第六改正薬局方の公布施行につき、キノホルムはいったん削除と決定されながら結局は収載されているが、その経緯についても何ら説明が与えられていないこと、昭和三〇年代におけるキ剤の大量投与は、被告製薬会社のみならず、監督官庁たる厚生大臣においても予測可能であったこと、キノホルムおよび類縁化合物の副作用報告等の堆積により、厚生大臣としても、キ剤の投与による神経障害の発生が予測可能であったこと等に徴し、前記基準時において、厚生大臣は、キ剤の適応症をアメーバ赤痢に限定し、いわゆる胃腸薬、止瀉剤、整腸剤としてのキ剤の製造・輸入につき、その承認取消権の分量的一部としての一時停止の規制権を行使すべき義務があったものというべく、この点において、厚生大臣には規制権限不行使の違法があり、かつ、以上の諸事実に照らして過失を免れないものと認められる。被告国（内務省、厚生省）がわが国におけるキノホルムの製造者開発者であった事実からすれば、ことキノホルムに関するかぎり、かかる結論も決して難きを強いるものではない。

6. 医薬品の欠陥により服用者に被害が生じたときは、因って生じた損害を賠償すべき義務の全部が製造（輸入）者に帰属するのを当然とし、一定の場合に販売者が共同責任を負うことのあるのは格別、国または地方公共団体は、これら業者と共同不法行為者の関係に立つものではない。厚生大臣の製造承認が、製薬会社の行為に対する免罪符とならないことはもちろんであって、厚生大臣の関与のいかんにかかわらず、製薬全社は当然独自に責任を負うのであり、その認識なくしては、今後の薬害防止もまたあり得ないことが銘記されなければならない。

7. 国の責任の範囲については、行政上の監督権の性質一その他諸般の事情にかんがみ、被告国は、加害行為者たる被告会社らに認められる全部義務の三分の一の範囲において、これと不真正連帯の関係に立つ損害賠償義務を負担するものと解される。

8. 基準時則の発症原告については、基準時以後の服用により、その症状に決定的増悪を見た者を除き、被告国の損害賠償義務は認められないが、国自身の調査によっても、スモン患者の発生数が一万一千名の多きに上るというのは、実定法規の体裁いかんにかかわらず、「公衆衛生の向上及び増進」（厚生省設置法四条一項）の目的に照らし、むしろ厚生省の存在理由にかかわるものというべきであろう。しかも、基準事前に発症した患者は、基準時後の発症者に比し、より長期にわたる罹患《りかん》に苦しんだ者であって、その救済の必要はかえってまさりこそすれ、劣ることはないのである。本件口頭弁論の終結前、被告国は、自らに「民事責任なし」としつつ、さきに当裁判所の提示した和解案を受諾したが、その趣旨は、正しく、右の行政責任の重大性と患者救済の必要性とを認めたことにあるものと解されるのである。

おわりに

スモンの原因がキノホルムと判明したのが、一九七〇年九月なので、二〇二〇年は、スモンの原因が確定してから、ちょうど五十年になる節目の年だ。西一彦は、二〇二〇年十一月で、七十二歳になる。スモンになった時は、この年まで生きられるとは思っていなかったので、感慨深いものがある。スモンの友人たちの何人かは、五十代に、癌で亡くなった。スモンの被害者は、癌になりやすいのではないかと思ったこともある。七十代まで、よく生きてこられたと思う。

西は、五十九歳で県職員を退職したが、県職員時代は、外部から見てもスモンとは分からないくらい元気だった。しかし、退職の一年ほど前から、足のしびれが強くなり、歩き方も右足を少し引きずるようになり、両手がしびれる時もあった。医者に診てもらうと、老化により、スモンの症状が現れてきたもので、年を取るとともにこの症状はひどくなっていくと言われた。スモンと一生付き合っていかなければならないと改めて自覚した。

健康を維持するために、一日八千歩は歩くようにしている。毎週少なくとも一回は一万歩を歩いている。もう十年近く続いている。住居近くの坂道があるフラワーセンター（公園）まで車で行き、公園内を歩くと六千歩にはなる。しかし、真夏や真冬は、外を歩かないで、ショッピングセンターの中などを歩く。小名浜のショッピングセンターは、二階から四階まで隅々まで歩くと一万歩を超える。毎日コースを変えて、飽きないように工夫している。外出して、長距離歩く時は、杖をつくようにしている。

また、歩けなくならないように、接骨院で、はり、きゅう、マッサージの治療を受けている。スモン患者は、月七回まで、この治療を全額公費負担で受けられる。毎週一回は接骨院に通っている。治療に行かないと、転びやすくなる。スモンの症状が悪化しないように、接骨院に通うのだ。月に二、三回は転ぶ時があるが、右足の方が弱いのか、必ず右足から転ぶ。お陰で、転び方はうまくなったが、負傷することもある。先日も、ショッピングセンターの入口の路上で転び、骨折はしなかったが、転んだ時に右手の中指を痛めて、回復するのに二週間程かかった。

福島県いわき市に住んでいるので、車は必需品だ。西が居住している高齢者マンションは、いわき駅から数キロ離れているが、タクシーを使うと二千円はかかる。車がないと移動に不便だ。マンションの近くに私立高校があるので、駅と高校を結ぶスクールバスはあるが、時間が不定期で一般の人が、利用するのにはとても不便だ。

スモンと関係しているかどうかは不明だが、二年前の秋、右目の白内障の手術を受けた一か月後に網膜剥離になり、東北大附属病院で三時間にわたる手術を受け、失明を免れ、〇・三まで視力が回復した。左目の視力は、一・〇なので、車の運転は、特に問題ない。

しかし、西の免許は、七十五歳まで有効だが、最近、高齢者が各地で事故を起こし、高齢者の運転が問題になっていることもあり、次回の免許の更新はしないで、返納しようと思っている。不便にはなるが、安全を考えると仕方のないことである。

食事には気を付けている。朝食は原則として、マンションの食事を食堂で食べる。昼食は自炊にしている。週に五日は酒を飲むので、夕食は部屋で食べる。週の内二日は休肝日にしているので、その日は、施設の食堂で夕食を食べる。昼食は、パン、麺類など軽いものにしている。夕食は、ご飯類は食べない。スーパーで総菜を買ってくるが、豚の生姜焼き、ゴーヤチャンプル、カレー、浅漬け、野菜炒めなど簡単なものは、自分で作る。酒は、ビール、ウイスキー、焼酎など、昔よりは少なくなったがかなり飲む。酒のつまみとして、スライスした玉ねぎのリンゴ酢蜂蜜漬け、生姜のリンゴ酢蜂蜜漬けは、自分で作って冷蔵庫に常備している。

高血圧と軽い糖尿病があるので、毎月、市内の内科医院に通っている。高血圧の薬一錠と糖尿病の薬二錠を毎朝一回服用している。「薬は毒である」と自覚しても、薬を全く飲まないことは、かなり困難である。薬の危険性を自覚して、最小限の薬を飲む。そして、医師に薬の内容、必要性を細かく聞き、了解した上で薬を飲むべきである。西の場合は、医師がスモンであることを認識しているので丁寧に教えてくれるが、確かに、一般的には、薬について医師に確認することは困難かもしれない。しかし、各人が薬は副作用があるのだと自覚することが重要だと思う。各人の薬に対する意識改革が必要だと思う。

いずれにしても、医師に処方された薬を黙って服用するのではなく、どんな薬を処方されているのか、薬の説明書をよく読んで理解して、薬を飲むべきである。薬を客観的に理解して、副作用があることも自覚して、薬と付き合うべきである。

厚生労働省は、サリドマイド、スモン、薬害エイズなど今までの薬害の経験を踏まえて、二度と薬害を出さないような最大限の自覚と対策を講じてもらいたいと思う。

医師には、薬は副作用があるものであり、毒であることを常に自覚して、処方してもらいたいと思う。

製薬会社は、営利を追求するために、何を行っても良いのではなく、国民の安全性を考慮して、薬の販売を行っていくべきであると思う。

今回の執筆にあたって、西一彦が編集に参画した「グラフィック・ドキュメント・スモン」（日本評論社）１９９０年６月発行を参照させていただいた。この場を借りて、御礼申し上げたい。

また、出版に際して、文芸社編成企画部須永賢さん、神田分室竹内明子さんには大変お世話になった。改めて心からお礼申し上げたい。

著者プロフィール

面来 一義（めんらい かずよし）

福島県いわき市在住
1948年11月　東京都杉並区生まれ
1973年３月　早稲田大学法学部卒業
1974年４月　福島県職員となり郡山社会福祉
　　　　　　事務所に勤務
2002年４月　企画調整部政策調整課長
2003年４月　商工労働部地域産業課長
2005年４月　福島県東京事務所次長
2008年４月　福島県職員を勧奨退職
2008年７月　増子輝彦参議院議員の政策秘書となる
2010年12月　政策秘書を退職
2011年１月　社会福祉法人昌平黌・社会福祉センター太陽の里
　　　　　　いわき施設長となる（福島県いわき市）
著書　『「行勢力」で“お宝”発掘』　東方通信社　2008年９月刊行

キノホルムに翻弄されて

2020年７月15日　初版第１刷発行

著　者　面来 一義
発行者　瓜谷 綱延
発行所　株式会社文芸社
　　　　〒160-0022　東京都新宿区新宿1－10－1
　　　　　　　　　　電話　03-5369-3060（代表）
　　　　　　　　　　　　　03-5369-2299（販売）

印　刷　株式会社文芸社
製本所　株式会社MOTOMURA

ISBN978-4-286-21400-9